COLLECTION FOLIO

Yasmina Reza a écrit de nombreuses pièces de théâtre, dont *Conversations après un enterrement*, *« Art »*, *Une pièce espagnole* ou encore *Le Dieu du carnage*, actuellement jouées dans le monde entier. Elle est aussi l'auteur de romans et de récits, avec, entre autres, *Une désolation*, *Adam Haberberg*, *Dans la luge d'Arthur Schopenhauer*, *L'aube le soir ou la nuit* ou *Heureux les heureux*.

Ses œuvres sont adaptées dans plus de trente-cinq langues et ont reçu les deux prix anglo-saxons les plus prestigieux : le Laurence Olivier Award et le Tony Award.

à Ivan

Éléments de décor minimaux.
Attention aux indispensables silences, temps et contretemps, qui ne sont pas indiqués.

Par ordre d'entrée :

Rosanna Ertel-Keval
Nathalie Oppenheim
Roland Boulanger
Le maire

Prologue

Le plateau est dans le noir.

On entend Sting dans « The Hounds of Winter ».
Le son, lointain et atténué, est celui d'un bar ou d'une boîte de nuit.

Par-dessus, la voix de l'écrivain Nathalie Oppenheim, lisant, on le suppose, un extrait de livre.

VOIX DE NATHALIE — Je suis contrôleur général dans la police, dit Paul, vous vous en souvenez, Gabrielle ?
— C'est pour ça que je m'adresse à vous, Paul. Vous connaissez le milieu, vous avez des relations.
— Vous me demandez de faire disparaître quelqu'un, c'est un vrai métier, Gabrielle.
— Je m'en doute, Paul.
— C'est un contrat relativement rare, on tue assez peu en France vous savez.
J'aime beaucoup le ton qu'il prend.

— Alors tant pis ? je dis.
Il sourit.
— Et quel serait mon intérêt dans cette affaire ?
— Dites-le-moi. Qu'est-ce que vous voulez ?
— Au départ rien, mais en cas de bonne fin, un retour sur investissement honorable.
— C'est-à-dire, Paul ?
— Vous, Gabrielle.
— Moi ?
— Si nous bouclons, versement en une seule fois, pour solde de tout compte.
Je réfléchis. Paul est très calme. Il boit une petite gorgée de vin.
— En une seule fois ? je dis, c'est presque insultant.
— Parce que vous avez une conception étriquée de la séance, Gabrielle.
— … Et si vous ne réussissez pas ?
— Je demanderai peut-être une compensation modeste pour peines et soins.

Arrivée

Dehors.
Lumière de soleil couchant.

Une chaise de jardin oubliée.

Plus loin, un transat sur lequel est allongée Rosanna Ertel-Keval.

Posé près d'elle, un lecteur de CD diffuse assez fort « The Hounds of Winter ».

Rosanna est en tailleur-pantalon à l'américaine, porte des lunettes de soleil et fume.
Sur ses genoux et autour, des feuilles éparses.

Rosanna prend des notes à partir d'un livre, « Le Pays des lassitudes ».
Tout autant convoquée par la musique, elle swingue sur place, et peut même chantonner quelques paroles à voix sourde…

Au bout d'un certain temps apparaît Nathalie Oppenheim en manteau d'été.
Elle porte également des lunettes de soleil.

Pas la moindre gêne chez Rosanna.
(Elle peut même ne pas éteindre la musique aussitôt.)

Sourires charmants de part et d'autre.

ROSANNA, *comme si elle était responsable du ciel* Regardez comme nous sommes bien reçues !...

NATHALIE Merveilleux.

ROSANNA Bon voyage ?

NATHALIE Parfait.

ROSANNA Je révisais ma leçon vous voyez...

NATHALIE Je vous en prie.

ROSANNA J'ai terminé... Au fait Nathalie, vous n'avez pas modifié le choix de vos extraits ?

NATHALIE Non, non.

ROSANNA Parfait. *(Désignant son exemplaire du « Pays des lassitudes »)* Il faudra me le dédicacer !

NATHALIE Bien sûr.

Nathalie s'est assise sur la chaise et regarde le paysage alentour.

Rosanna range ses feuilles.
Elle persiste dans une humeur musicale.

Installation

Soir.

Un plateau de théâtre vide, ou presque…

Trois chaises, une table basse devant.
Un pupitre.

Arrive Nathalie par la coulisse. Elle est en robe.

Elle découvre l'endroit.

Elle se promène un peu sur le plateau, puis s'assoit sur une chaise…
Sa robe n'est-elle pas un peu courte pour une prestation littéraire ?
Nathalie tire sur le tissu et tente de couvrir un peu ses genoux.
Elle croise ses jambes, les place harmonieusement serrées sur le côté ; enfin essaie l'autre chaise.

Elle sort son portable de son sac, vérifie qu'elle est bien seule et compose un numéro. Elle obtient une messagerie.

NATHALIE Je t'appelle de Vilan-en-Volène, ne ris pas, je voulais qu'on confirme demain soir... Et est-ce que tu peux apporter le dessert, même si je prends un train tôt je n'aurai pas le temps de m'en occuper, je t'embrasse...
(Elle raccroche. Et recompose le numéro aussitôt)... De « l'Espace polyvalent » de Vilan-en-Volène... *(Elle raccroche.)*

Arrive Roland Boulanger.

ROLAND Nathalie, Nathalie ! Je vous cherchais !... Tout va bien ?

NATHALIE Très bien.

Roland contemple un instant la salle avec les yeux de Nathalie.

ROLAND Voilà. Voilà l'espace.

NATHALIE Bien. Très bien.

ROLAND On attend du monde. On attend du monde !

NATHALIE Formidable.

ROLAND Nous avons même monsieur le Maire !

NATHALIE Je serai où ?

ROLAND Là. Rosanna, ici. Moi, en retrait dans un premier temps *(il décale vers l'arrière la troisième chaise)*. La chose importante, Nathalie : quelle est votre position idéale de lecture ? Assise, debout ? On a prévu un pupitre, on peut l'enlever.

Nathalie va se mettre au pupitre…

NATHALIE Non, c'est bien… C'est bien… Peut-être que je ferai les deux. Certains passages, assise, d'autres au pupitre.

ROLAND Oui, oui, oui, comme vous le sentez Nathalie, c'est votre lieu, c'est votre inspiration.

NATHALIE Bon…

ROLAND Voilà.

Un court flottement.

Avec timidité, Roland sort un mince volume de sa poche.

ROLAND Je profite de ce court moment d'intimité… Alors, ne vous effrayez pas, c'est rien du tout, quelques petits poèmes que j'ai commis… *(Il lui tend le livre.)*

NATHALIE *Des portes sans serrures*

ROLAND Oui, c'est un peu sentimental, mais c'est le titre d'un des poèmes, ça n'a aucun caractère symbolique…

NATHALIE, *découvrant la dédicace* C'est très gentil. Je le lirai avec plaisir.

ROLAND Vous verrez, ça ne… J'ai toujours aimé la poésie. Quand on aime la poésie, il arrive qu'on ait la mauvaise idée d'en faire !

NATHALIE Je suis sûre que c'est une bonne idée.

ROLAND Non, non. Sûrement pas. Enfin ça ne fait de mal à personne. Vous me direz ?

NATHALIE Ah oui, oui.

ROLAND Voilà.

Nathalie sourit de façon encourageante.

Flottement.

Présentation

Le même plateau, éclairé différemment.

Nathalie Oppenheim et Rosanna Ertel-Keval arrivent, chacune avec son livre à la main.
Rosanna, très à son aise, tient aussi une série de feuilles annotées.

Elles s'assoient aimablement, à leur place respective, devant la table basse face au public…
Nathalie, plus embarrassée, a posé son sac à main quelque part en arrière.

Elles sont suivies presque aussitôt par Roland Boulanger, souriant, qui vient se placer, debout, sur le côté, un peu en avant face public.

Cette petite installation prend du temps. On ne sait pourquoi. (Bruit importun ? Réglage de lumière hasardeux ? Arrivée de retardataires ?)

Un peu de gêne n'est pas mauvais.

ROLAND Mes chers amis, monsieur le Maire, je vous remercie d'être venus, plus nombreux que jamais, assister à cette première soirée du troisième cycle des Samedis Littéraires de Vilan-en-Volène. Un cycle dont la première édition se déroule comme chaque année au printemps, avec une coupure au mois d'août. Du lieu originel, authentique mais inconfortable en définitive, qu'était la bibliothèque, nous sommes passés à la scène, victimes comblées du succès des précédentes éditions. Toute l'équipe des Samedis, qui étaient auparavant des vendredis, et qui sont désormais des samedis, tient, en préambule, à remercier François Chavigneau et le personnel de l'Espace polyvalent, pour nous avoir permis d'être sur ce plateau. Notre manifestation, comme vous le savez, a vu le jour il y a trois ans, inaugurée donc à la Bibliothèque municipale, que j'ai l'honneur d'animer, en partenariat avec la médiathèque de Mergeau, le Conseil régional de la Volène, et l'Espace culturel Electropolis. Pour ceux qui nous ont rejoint, rappelons que ce cycle bimestriel, lecture-rencontre, a pour objet d'accueillir un écrivain, confirmé, comme c'est le cas ce soir, ou en devenir, car nous voulons aussi être des découvreurs, soumis à la question, par votre serviteur, et par une personnalité du monde journalistique. Une rencontre estampillée passion et liberté, affranchie des impératifs commerciaux, affranchie des mouvements de mode et des chapelles, dont l'ambition est l'écoute, au sens large, d'une voix authentique, de ses aspérités, de ses tremblements, sans querelles inutiles ni stériles acrimonies. Qu'il s'agisse d'un exercice didactique pour les uns, d'une fiction supplémentaire pour les autres, le *duetto* d'un auteur et de son lecteur exigeant est une création en soi. Ce soir, Vilan est doublement gâté. Nous avons le privilège de recevoir celle que le jury du prix Germaine-Beaumont vient de couronner pour son ouvrage *Le Pays des lassitudes* — je m'empresse de préciser que notre invitation, à laquelle elle n'a pas dérogé, était bien antérieure à cette récompense —, la séduisante et secrète Nathalie Oppenheim. À ses côtés, une enfant du pays, la non moins remarquable Rosanna Ertel-Keval, journaliste éclectique, chroniqueuse vedette de l'émission « Les amis de mes nuits ». Beaucoup d'entre vous ont entendu parler, ou se souviennent, d'une petite Rosanna assise sur les bancs de l'école François-Devienne à Mergeau !... Nathalie Oppenheim est née à Lyon, d'une mère périgourdine et d'un père roumain, beau mélange. Elle publie, en 1989, son premier roman, *Bêtes de proie et de tristesse*, qui suscite, dès sa sortie, enthousiasme critique et public. Suivent quatre romans et deux récits, également salués, primés pour certains et traduits dans plusieurs langues. On la dit discrète, réservée, peu encline à se commenter (nous verrons bien !). La critique salue... mon papier a disparu dans les plis... le voilà, la critique salue « une littérature mordante, sans gras, une exigence minutieuse où le stéréotype, qu'il soit de langage ou de sentiment, est traqué, malmené ». *Le Pays des lassitudes* est

son dernier roman, et si vous le permettez Nathalie Oppenheim, je voudrais entamer notre soirée par l'extrait d'un entretien que vous avez accordé récemment. Je vous cite : « Oui, j'ai toujours eu de l'empathie pour mes personnages. Je ne vois pas ça comme une qualité. Au contraire. Les qualités humaines qui embellissent la vie courante, ne sont pas profitables à l'écrivain. J'ai franchi un pas avec *Le Pays des lassitudes* : j'ai conservé l'empathie mais non la pitié. Je n'avais jamais tué un de mes personnages auparavant. Tous les grands écrivains l'ont fait. Je ne dis pas que cela suffit pour être un grand écrivain bien sûr, mais c'est une étape importante. J'ai osé commettre un meurtre. *Le Pays des lassitudes* est né du désir et de l'obsession de commettre un meurtre. »
C'est donc, mes très chers amis, une meurtrière que Vilan-en-Volène a l'honneur de recevoir ce soir.

Rires, de qualité dissemblable, des deux femmes.

Comment vous racontez la partie

Rosanna Ertel-Keval et Nathalie Oppenheim sont assises au même endroit.

Roland s'est assis. À peine en retrait, à peine un peu en arrière. On doit sentir qu'il est de la partie, et peut intervenir à tout moment, même si ce n'est pas « son » moment.

ROSANNA C'est un thriller ? *(Elle prononce à l'anglaise.)*

NATHALIE J'aimerais beaucoup. J'aimerais beaucoup avoir écrit un thriller.

ROSANNA « À ceux qui considèrent le calme, la mesure, le cours répétitif des choses, contraires au bien-être de l'âme, à ceux qui aspirent au dérangement, on peut recommander *Le Pays des lassitudes* »... Vous êtes en accord avec tout ça ?

NATHALIE C'est très bienveillant.

ROSANNA Trop ?

NATHALIE Heu… Trop… Sûrement, mais on s'en accommode !

ROSANNA Jean-Marie Le Clézio m'a dit un jour que la générosité de la critique le troublait.

NATHALIE Ah oui ?… Mais dans quel sens ?

ROSANNA La difficulté de se reconnaître dans l'éloge je suppose… Ou quelque chose comme ça.

NATHALIE Oui, enfin, je ne me… Ça ne me dérange pas que les critiques soient flatteuses personnellement. Je n'ai pas de graves problèmes avec cette occurrence. D'autant que… Oui, pardon ?

ROSANNA Non, non, je vous en prie.

NATHALIE Non, d'autant que ce n'est pas toujours le cas, loin de là.

ROSANNA Qu'est-ce qui vous plaît dans l'idée d'un thriller ? Vous dites que vous aimeriez beaucoup avoir écrit un thriller.

NATHALIE C'est un genre organique, un genre qui dispense des sensations.

ROSANNA Des sensations. C'est ce que vous recherchez ?

NATHALIE Dans la vie ?

ROSANNA Quand vous écrivez.

NATHALIE J'aime mieux provoquer des sensations qu'un état de somnolence, mais… j'écris ce qui arrive. Je ne poursuis pas un but particulier.

Roland hoche la tête, visiblement d'accord.

ROSANNA L'héroïne du roman s'appelle Gabrielle, Gabrielle Gorn, elle est écrivain comme vous… Vous vous définissez comme un *écrivain*, Nathalie Oppenheim ?

NATHALIE Non. Si. Quand je remplis un formulaire de douane ou de Sécu. Pendant des années à la case profession j'ai coché *autre,* maintenant je coche *écrivain.*

ROSANNA Mais vous savez qu'il y a un écrivain qui s'appelle Nathalie Oppenheim…

NATHALIE Oui. Je le sais. J'ai même certains de ses livres chez moi.

ROSANNA Elle vous intéresse ?

NATHALIE Je l'approuve, parfois.

ROSANNA Est-ce que, d'après vous, il y a une part d'autobiographie, ou du moins de confession, dans son dernier livre, *Le Pays des lassitudes* ?

NATHALIE D'après moi, non.

ROSANNA Aha… ? Moi j'ai été frappée par le début, l'*incipit* comme on dit : « Mon enfance est perdue… » C'est Gabrielle qui parle : « Mon enfance est perdue, je ne peux me représenter mon enfance… »

NATHALIE, *après un temps…* Buvons un coup mon enfance est perdue…

ROSANNA, *chantonnant* Mais le manche mais le manche…

NATHALIE, *idem* Buvons un coup mon enfance est perdue…

ROSANNA, *idem* Mais le manche est revenu… C'est important pour vous la première phrase d'un livre ?

NATHALIE Oui. C'est une torche qui enflamme le reste.

ROSANNA Mon enfance est perdue. Je ne peux me représenter mon enfance. Des images sans suite, mélangées dans le temps. Les premiers livres que j'ai aimés ont tous raconté une enfance sombre. Ils furent mes livres chéris. Le passé me frôle comme une nuée de moucherons, à peine. Je vis au présent, j'écris au présent. Les choses qui reviennent, reviennent. Elles trouvent leur place au hasard. En général, elles ne pèsent pas grand-chose. Le gros a coulé dans le sombre de l'oubli. Je n'ai jamais admis l'importance capitale de l'écriture dans ma vie. C'est une occupation. Mais peut-être qu'il y a beaucoup dans ce mot. Une fois, j'ai appelé mon ami Paul et je lui ai dit, expliquez-moi comment il faut vivre. Il m'a répondu, c'est embêtant, car quand je me pose la même question, je pense à vous, et je me dis, Gabrielle, elle, elle sait vivre. Tant mieux s'il le pense. Reconnaître la place centrale de l'écriture dans sa vie, c'est reconnaître l'insuffisance du réel.
Reconnaître la place centrale de l'écriture dans sa vie, c'est reconnaître l'insuffisance du réel, Nathalie Oppenheim ?

NATHALIE, *avec légèreté* Oui… Oui, sans doute.

ROSANNA C'est vous qui le dites.

NATHALIE Ah non ! Non. Ce n'est pas moi. C'est Gabrielle. C'est le personnage qui le dit…

ROSANNA Oui, je connais cette nuance…

NATHALIE Beaucoup d'écrivains ont personnifié des écrivains qui n'étaient pas eux.

ROSANNA Un peu eux quand même ?

NATHALIE Un peu. Un peu.

ROSANNA Dans un entretien, vous avez dit… *Si la vie était suffisante, on n'écrirait pas.*

NATHALIE Je me répète, c'est ennuyeux.

ROSANNA C'est une chose que vous pensez donc.

NATHALIE On dirait.

ROSANNA Et pourquoi la vie n'est pas suffisante ?

NATHALIE, *elle rit* Oh la la, je n'en sais rien, Rosanna !

Roland rit, en adhésion.

ROSANNA Ce n'est pas une chose que tout le monde ressent.

NATHALIE Non… Sans doute.

Roland se penche en avant. Mouvement qu'il effectue à chaque fois qu'il intervient, sans doute pour compenser le retrait de sa chaise.

ROLAND C'est une chose que tous les artistes ressentent !...

ROSANNA Vous êtes d'accord avec Roland Boulanger ?

ROLAND Le trait commun !

NATHALIE C'est possible... Je ne me suis pas interrogée globalement là-dessus.

Roland hoche, souriant, en assentiment avec sa propre réflexion.

ROSANNA Vous portez une jolie robe, si vous me permettez cette parenthèse.

NATHALIE Ah oui, tant mieux !

ROLAND Je confirme.

NATHALIE Ah bon, bon. Non, parce qu'elle est neuve, pour dire la vérité je l'ai achetée hier pensant la mettre aujourd'hui, et en arrivant ici, je n'étais plus... Parfois l'inauguration d'un vêtement est plus difficile qu'on ne croyait.

ROSANNA Elle est originale.

NATHALIE Oui. Ce n'est pas le mot qui me rassure le plus.

ROSANNA, *elle sourit* Les vêtements comptent dans vos livres. C'est un sujet qui revient, les obsessions vestimentaires.

NATHALIE Oui. C'est une préoccupation de la vie, non ?

ROSANNA Ça peut paraître une préoccupation futile.

NATHALIE Et alors ? La littérature ne s'intéresse pas qu'au grave. D'ailleurs je ne crois pas que le vêtement soit une préoccupation futile. Au contraire.

ROSANNA On a l'impression que vous seriez plus disposée à parler de votre robe que de vos livres ou de votre travail en général, je me trompe ?

NATHALIE Je serais très disposée, mais on ne m'interroge pas souvent sur le sujet.

ROSANNA La plupart de vos livres sont écrits à la première personne…

NATHALIE Tous.

ROSANNA Il y a une raison ?

NATHALIE Non. C'est une convenance.

ROSANNA Ce n'est pas une façon de dévoiler, au fur et à mesure, des parts de vous singulières ?

NATHALIE Non, pas du tout. Ou alors à travers tous les personnages. De toute façon les gens qu'on invente sur papier acquièrent très vite une autonomie, et une individualité. Dans *Le la*, que peut-être certains ici connaissent, le personnage principal était très inspiré par ma mère, et j'étais un peu inquiète de sa réaction. Quand elle a lu le livre, elle m'a appelée et m'a dit, c'est une catastrophe, tu m'as brouillée avec Mimi Gremlick. Pourquoi, maman ? Mais elle va se reconnaître, comment veux-tu ?!

ROLAND Qui est Mimi Gremlick ?

NATHALIE Une de ses amies de bridge.

ROSANNA Vous avez choisi de nous lire, Nathalie Oppenheim, un passage, très symptomatique de votre écriture, qui entremêle une scène de la vie familiale et vos réflexions intérieures…

NATHALIE, *l'interrompant* Les réflexions du personnage.

ROSANNA Les réflexions du personnage, pardon… Pourquoi je n'y arrive pas ? C'est étrange…

NATHALIE Parce que la mode contemporaine est de vouloir tout ramener à l'auteur…

ROSANNA Je serais victime de cette fâcheuse…

NATHALIE Vous n'êtes pas seule dans votre cas. Il n'y a rien de personnel, mais je trouve… enfin je ne suis pas à l'aise avec cette conception du roman qui se réduit à l'expression de soi.

ROSANNA Pourquoi ?… Pourquoi, au fond ? Qu'est-ce que ça a de mal ?

NATHALIE Tout ce qu'on écrit est lié à sa vie bien sûr, mais, selon moi, ça commence à devenir de l'écriture quand vous prenez de la distance, quand il ne s'agit plus de votre expérience mais de la vie tout court.

Roland approuve en silence.

ROSANNA Alors c'est très intéressant parce que justement, le passage que vous allez nous lire concerne l'écriture. Nous allons entendre… cette fois-ci je vais le dire correctement, les réflexions de Gabrielle Gorn, à qui on a livré le matin même les premiers exemplaires de son dernier livre… Nous vous écoutons… Je précise pour nos spectateurs, pour ceux qui n'auraient pas encore lu *Le Pays des lassitudes* : Gabrielle et son mari Philippe sont en voiture, leurs deux enfants à l'arrière, ils partent à la campagne chez des amis.

Tous trois, chacun dans son rôle, se configurent, pour la lecture.

Nathalie a ouvert son recueil. Elle prend son temps avant de se lancer.

NATHALIE ... Philippe a mis les essuie-glaces faible vitesse. J'ai posé *Comment vous racontez la partie* sur le tableau de bord. De temps à autre, s'il advient un tournant un peu serré, il tombe. Je le remets au même endroit, je veux le contempler. Je veux contempler mon livre. Je veux contempler, ne serait-ce qu'à cette infime distance, l'objet reçu ce matin sans la moindre joie. Je ne comprends pas pourquoi Philippe a choisi faible vitesse étant donné que la pluie est assez dense. Enfin, relativement dense, je dirais assez dense pour mériter la vitesse intermédiaire. Je ne comprends pas...
Non, c'est... je lis trop à plat, je ne suis pas à l'aise assise...

ROLAND Mettez-vous au pupitre, Nathalie, mettez-vous au pupitre... *(Il s'est levé, maître des lieux et de la situation.)*... On peut avoir un peu plus de lumière sur le lutrin ?... Merci...

Alors qu'elle s'apprête à lire, on la sent gênée par... la hauteur de la tablette ? Un rai de lumière ?

Roland, qui était retourné s'asseoir, revient à son secours.
Ils échangent des mots inaudibles, et Roland déplace le pupitre de quelques centimètres.

Flottement.

Roland retourne s'asseoir comme une ombre volante.

Après un temps de concentration, Nathalie reprend.
(Il se peut qu'elle abandonne le pupitre pour lire, livre en main.)

NATHALIE, *autrement* ... Philippe a mis les essuie-glaces faible vitesse. J'ai posé *Comment vous racontez la partie* sur le tableau de bord.
Je recommence si ça ne vous ennuie pas.

ROLAND Ça nous réjouit !

ROSANNA Avec plaisir !

NATHALIE De temps à autre, s'il advient un tournant un peu serré, il tombe. Je le remets au même endroit, je veux le contempler. Je veux contempler mon livre. Je veux contempler, ne serait-ce qu'à cette infime distance, l'objet reçu ce matin sans la moindre joie. Je ne comprends pas pourquoi Philippe a choisi faible vitesse étant donné que la pluie est assez dense. Enfin, relativement dense, je dirais assez dense pour mériter la vitesse intermédiaire. Je ne comprends pas pourquoi Philippe ne met pas les essuie-glaces en adéquation avec le régime de l'eau. Philippe ne veut pas avoir l'air d'un homme qui s'énerve pour rien, me dis-je. C'est le genre qui aime avoir un coup d'avance. Il veut montrer qu'il a déjà anticipé l'accalmie. Quand soudain, sortant de mon mutisme de la pire façon qui soit, je lance, à la fête de l'école, la mère de Thomas, qui est une scientifique, m'a dit que Thomas pouvait, de tête, effectuer des additions genre cinquante-huit plus soixante-dix-neuf, à une vitesse supérieure à la sienne. Dans la voiture, chacun apprécie le silence qui suit. *Comment vous racontez la partie* glisse un peu. Derrière les vitres troublées, la zone commerciale de Morjanville, lignes, panneaux géants, dédale de hangars. Puis, d'un ton printanier qui signifie juste pour voir et juste pour se marrer tellement c'est facile, je dis, quarante-sept plus huit, Antoine ? Trop facile, nul, dit Louise. Laisse-le répondre, toi tu sais, dis-je. L'enfant se tait. Quarante-sept plus huit ? je répète. Réponds à ta mère, dit Philippe. Antoine se tait. Quarante-sept plus huit, allez, sois gentil. Mais laissez-le, on est en vacances, dit Louise. Quarante-sept plus huit et je t'embête plus mon amour. Quarante-sept plus huit, réponds ! s'impatiente Philippe qui balance d'un coup sec les essuie-glaces plein régime. Réponds, Antoine. Il a le droit de ne pas répondre à vos questions idiotes, eh regarde il y a un Toys R us ! Toi tu te tais, tu ne te mêles pas de tout et tu laisses ton frère répondre. Philippe rate une sortie de rond-point. Quarante-sept plus huit, tu réponds ou je te cogne ! Vous êtes dingues, dit Louise. Je suis entièrement d'accord avec papa, je dis, tu réponds ou c'est la gifle. Antoine commence à pleurer silencieusement, ce qui laisse planer un doute sur sa capacité à répondre. Quarante-sept plus huit, merde ! hurle Philippe. Les essuie-glaces raclent. Mon pauvre, dit la fille en embrassant son frère. Il ne sait pas le faire, c'est dément ! Ne double pas, Philippe, c'est dangereux ! Il est incapable de le faire, cet enfant, tu le vois bien ! Dis-le, Antoine, dis-le, quarante-sept plus huit égale, égale, dis-le, je le presse, tout de suite, sans réfléchir, maintenant ça suffit, égale ? Égale ?! crie Philippe, dans deux secondes je nous fous dans le décor ! Cinquante-cinq, murmure l'enfant. Bon, il l'a dit, me dis-je, et tandis que Philippe, dans un geste ultime, lance la clim anti-buée, je me demande à quoi il faut attribuer la lenteur de la réponse. À une forme de vexation ou à un problème cérébral ? Je serais à deux doigts de soumettre une autre addition mais je me retiens et récupère *Comment vous racontez la partie* disparu sous le siège. Mes tout premiers livres étaient arrivés chez moi comme des objets éblouissants. C'était déjà assez triste de ne pas être excitée à l'idée de recevoir celui-là, mais je ne m'attendais pas à ce sentiment de complet découragement. À peine sorti de son emballage bouffant, *Comment vous racontez la partie* m'est apparu comme un livre d'occasion. Aucun plaisir tactile, aucune joie physique, si ce n'est une sensation de complet désengagement, l'impression de voir le livre d'un autre que je n'aurais pas spécialement envie de lire. J'essaye d'envisager ce qu'il donne, posé sur le tableau de bord d'une Peugeot 207, roulant sous le jour pluvieux, c'est-à-dire dans le hasard de la vie réelle. Il ne donne rien. Il ne donne rien du tout, me dis-je, pas même la preuve qu'on a réussi à dire des choses, non pas neuves bien sûr, mais comme personne auparavant ne les avait dites. Je vois sur ce tableau de bord un livre identique à tous les autres, un titre sans promesse, un nom sans promesse, comme si, après les mois d'effort et de pages gagnées sur le vide, on arrivait au seuil d'une chose qui vous est dérobée, et que la preuve même de cette dérobade était l'objet qui glisse sur le cuir. On ne peut rien attendre, me dis-je, d'un objet qui contient littéralement, je le sais, tout son avenir ridicule, le bon comme le mauvais, de toute façon mondain, de toute façon entraîné dans la logique affreuse de l'événement et de l'oubli, comment attendre quoi que ce soit d'un objet entièrement vidé de son merveilleux.

Nathalie retourne s'asseoir (croisant le sourire ému de Roland).

Rosanna laisse passer les secondes de déférent respect…

ROSANNA … Nathalie Oppenheim, lorsque vous avez, vous-même, tenu dans vos mains le premier exemplaire du *Pays des…*

NATHALIE, *la coupant* … Ai-je éprouvé un sentiment d'intense découragement ?

ROSANNA Je conçois que cette question a dû déjà vous être posée.

NATHALIE Vous savez, Rosanna, il s'agit du parcours d'un personnage, ce n'est pas une succession d'expériences séparées.

ROSANNA Mais vous pourriez répondre à cette question précise.

NATHALIE Non.

ROSANNA Aussi nettement ?…

NATHALIE Mes sentiments personnels ne présentent pas d'intérêt.

ROSANNA Je suis sûre que nos amis, dans la salle, pensent le contraire.

NATHALIE Ils n'auraient pas raison.

ROSANNA Vous avez choisi cet extrait. Dans un livre qui fait… deux cent trente-neuf pages, vous avez, vous-même, Nathalie Oppenheim, choisi de lire cet extrait. J'ai beaucoup de mal à croire que vous l'avez isolé innocemment et sans vous attendre à devoir le commenter.

NATHALIE Il n'y a aucune neutralité dans mes choix, naturellement ! Je tiens à faire entendre ces mots-là. Mais dans ce contexte et sous cette forme. Pas autrement. On se tue à fabriquer des phrases qui n'ont de sens que dans un univers décalé, ce n'est pas pour dire ensuite « moi aussi dans la vie gna gna… ».

ROSANNA Je suis désolée d'insister mais vous piquez notre curiosité. Vous présentez de façon négative un moment clé de la vie d'un écrivain, de sorte que nous, lecteurs, sommes en droit de…

ROLAND, *l'interrompant* « Désenchantée » !

ROSANNA Désenchantée…

ROLAND, *idem* Je… pardon, je ne dirais pas « négative », je dirais « désenchantée ».

ROSANNA Très bien, « désenchantée »…

NATHALIE Non, non, non, pas « désenchantée ». Désenchantée c'est sans appel. Il n'y a rien de définitif dans… C'est mon portable ?… C'est mon portable qui sonne ! *(On entend une sonnerie étouffée émanant du sac à main posé derrière ; elle se lève…)* J'ai oublié de l'éteindre !…

Nathalie farfouille dans le sac.
Un long temps féminin et exaspérant avant qu'elle ne localise le portable…

Elle le sort du sac et l'éteint.

NATHALIE, *riant* Je suis désolée.

Elle revient plus ou moins à hauteur des deux autres mais reste curieusement debout.

Rosanna et Roland la regardent aimablement, légèrement décontenancés.

Après un temps.

NATHALIE, *debout, sans tenir compte de l'invitation de Rosanna* Désenchantée non… Tout événement qu'on tient acquis pour heureux peut être une source de découragement. Il y a toujours des attaques de découragement imprévu. C'est comme ça. Ce n'est pas grave.

Roland semble méditer sur ces phrases.

ROSANNA, *faisant fi — ou du moins essayant — de l'étrangeté physique de la situation* Vous avez mis en exergue de votre livre une phrase de l'écrivain américain Michael Herr : « Ce n'est pas tant que vous ayez gagné ou perdu, mais comment vous racontez la partie »…

NATHALIE Oui.

ROSANNA Et de cette citation vous avez tiré le titre du livre que Gabrielle Gorn écrit, *Comment vous racontez la partie.*

NATHALIE Oui.

ROSANNA Vous êtes friande, Nathalie Oppenheim, de ces emboîtements, de ces mises en abyme.

NATHALIE Ça m'amuse, oui.

ROSANNA Est-ce que… Vous ne revenez pas avec nous ?…
Est-ce que vous entendez cette citation comme une définition possible de la littérature ?

NATHALIE De l'existence aussi.

ROSANNA De l'existence ?

NATHALIE Oui. Je crois que les choses n'ont pas lieu tant qu'elles ne sont pas racontées. Le langage fonde le réel.

ROSANNA Et le déforme, aussi ?

NATHALIE Non. Lui donne corps. Ça commence par le nom. Quelqu'un qui n'aurait pas de nom… Quand il n'y a pas de nom sur une tombe, personne n'a existé. Le nom c'est le début de la fiction, et en même temps c'est le début du réel.

Léger flottement.

Nathalie, toujours étrangement debout.

ROSANNA Voilà définitivement une parole d'écrivain.
(Puis, après le temps nécessaire d'intégration polie :) William Styron m'a avoué un jour…

ROLAND Attendez, attendez, ma chère Rosanna, nous sommes passés un peu vite… — je suis impatient d'entendre les mots de notre regretté camarade Styron, et je suis par ailleurs, moi aussi, convaincu de la dimension performative du langage — mais je voudrais revenir une seconde sur ces *attaques* de découragement inattendu. *(Pincement psychique et géographique de Rosanna — elle se tient entre les deux — qui bien sûr n'en laisse rien paraître.)* Et j'aime bien, Nathalie Oppenheim, que vous disiez *attaque*, ce qui, associé à *découragement* dont le programme est plutôt gradué, constitue presque un oxymoron. Oui. Oui : les âmes sensibles ne sont pas armées pour accueillir les signes homologués du bonheur. Ça vaut pour la gloire et ça vaut aussi pour le beau temps. Vous aviez raison de réfuter la fatalité du mot désenchantement, mais je l'entendais comme une annotation littéraire naturellement. *(Il se lève à son tour, et poursuit, debout, dans une déambulation inspirée.)* Tout à l'heure, lors de ma présentation, j'ai rappelé votre réussite et j'ai mentionné le prix Germaine-Beaumont. (Germaine-Beaumont : fille spirituelle de Colette, sœur d'âme de Virginia Woolf !) Une récompense convoitée, prestigieuse, dont vous êtes la lauréate de l'année, et dont les implications, en apparence, ne peuvent être que festives. Alors moi, j'aimerais connaître, en écho à l'interrogation de Rosanna, votre ressenti, comme on dit aujourd'hui, *votre ressenti*, à cet égard ?

NATHALIE … Ouille !

ROLAND, *en pleine connivence* Ouille !

NATHALIE Ça fait du bien au livre. C'est bien pour le livre.

ROLAND Et pour vous, c'est bien ?

NATHALIE Très.

ROLAND Allons, allons, courage.

NATHALIE Mais qu'est-ce que vous voulez me faire dire ? C'est une aubaine !

ROLAND Est-ce que la joie était au rendez-vous ?

NATHALIE Oui, oui.

ROLAND Oui ? Ouille ?…

NATHALIE La joie était au rendez-vous.

ROLAND Il y a une phrase dans une nouvelle de Tchekhov, je ne me souviens plus de laquelle : « J'ai ouï dire que Madame S. est infiniment heureuse… Oh la malheureuse ! »

NATHALIE Vous êtes un coquin, Roland.

ROLAND, *presque chantonnant* Oh la malheureuse !… *(Il se tourne vers Rosanna.)* Que disait William Styron ?…

Paul

Les mêmes. Le même plateau.
Tous trois assis, mais dans une configuration différente.
Roland a pris du galon.

Humeur joyeuse.

ROLAND J'ai le droit de répondre aussi.

ROSANNA Notre invitée d'abord !

ROLAND Je réponds si Nathalie sèche.

ROSANNA Vous me paraissez bien présomptueux, Roland.

ROLAND C'est vrai !... On ne souffle pas dans la salle !

NATHALIE Ah non, ce n'est pas juste. Normalement, on peut avoir un joker avec la salle !

Roland rit volontiers.

ROSANNA Nous commençons ?... Alors nous sommes bien d'accord : le sujet est la littérature, nous restons cantonnés aux écrivains nés au XXe siècle et vous n'avez droit qu'à trois questions. Qui a dit : « L'univers, qu'on appelle aussi une bibliothèque » ?

NATHALIE Borges.

ROSANNA Borges ! Bravo !

NATHALIE Je la connaissais.

ROSANNA Qui a dit : « Écrire, c'est la façon la plus désespérée d'appartenir » ?

NATHALIE Mon frère ou ma sœur.

ROSANNA Vous auriez pu le dire ?

NATHALIE Je le crains.

ROSANNA Vous-même, ou Gabrielle Gorn ?

NATHALIE Nous deux. Une femme ?

ROSANNA Oui.

NATHALIE Étrangère ?

ROSANNA Oui.

NATHALIE Américaine ?

ROSANNA Non.

NATHALIE C'est trop vaste. C'est trop vaste, comment voulez-vous ! Je donne ma langue au chat. Roland ?

ROSANNA Roland ?

ROLAND Allez, au hasard : Karen Blixen.

ROSANNA Edna O'Brien.

ROLAND Edna O'Brien ! Merveilleuse Edna O'Brien !

ROSANNA … Qui a dit : « Un personnage créé par nous ne meurt plus. Pas plus que ne meurent, dans ce sens, nos amis morts » ?

NATHALIE Femme ?

ROSANNA Femme.

NATHALIE Française ?

ROSANNA Française.

NATHALIE …

ROLAND Vous avez encore droit à une question Nathalie.

NATHALIE … Marguerite Yourcenar ?

ROSANNA Elle est forte !

ROLAND Elle est diabolique !

ROSANNA Qui a dit — c'est difficile, ça, car il me l'a dit à moi ! — qui a dit : « Nous sommes toujours deux : l'homme qui souffre et l'écrivain qui se demande comment utiliser cette souffrance dans son travail » ?

ROLAND C'est un homme ! Elle s'est trahie !

NATHALIE Français ?

ROSANNA Non.

NATHALIE … Le dédoublement de l'écrivain, beaucoup auraient pu le dire de la même façon… Ça me fait penser à Trigorine, dans *La Mouette*, vous vous souvenez ? Il est avec Nina, il voit passer un nuage qui ressemble à un piano à queue et il lui dit, j'ai beau être avec vous, ému par vous, je pense il faudra que je mentionne quelque part dans une nouvelle un nuage qui passe et ressemble à un piano à queue… Bon. Anglo-saxon ?

ROSANNA Non.

NATHALIE Vivant ?

ROSANNA Oui.

NATHALIE Aïe… Je me lance : Kundera.

ROSANNA Eh non !

ROLAND Pas bête !

ROSANNA Pas bête mais je n'ai jamais eu le bonheur de m'entretenir avec Milan Kundera !… Roland, une idée ?

ROLAND Je sens que je vais dire une bêtise… je la dis : Mario Vargas Llosa.

ROSANNA, *triomphante et avec un accent néo-portugais* António Lobo Antunes !

ROLAND Oh très difficile !

ROSANNA, *quasiment en même temps* Je l'avais dit !

NATHALIE, *idem* Je n'aurais pas…

ROSANNA Alors la dernière de notre petit *Quiz littéraire…* Qui a dit — pas évident non plus : « Ton malheur particulier — qui est celui de tous les poètes — réside en ceci que, par vocation, tu ne peux avoir qu'*un public*, et qu'au lieu de cela tu cherches des *âmes sœurs* » ?

Aussitôt Roland s'agite et frétille comme un élève qui sait.

NATHALIE J'aime beaucoup cette phrase. Elle est belle. « Tu ne peux avoir qu'un public…

ROSANNA … et tu cherches des âmes sœurs. »

NATHALIE Je l'aime beaucoup. Je sens que Roland…

ROLAND Je crois.

NATHALIE … Scott Fitzgerald ?

ROLAND Pavese ! Cesare Pavese !

ROSANNA Bravo Roland.

ROLAND *Le Métier de vivre* !

ROSANNA *Le Métier de vivre*... Deux sur cinq, c'est un score excellent !...

ROLAND Excellent.

ROSANNA Alors quelle citation vous voulez commenter ? J'ai l'impression que votre favorite est celle de Pavese ?

NATHALIE C'est la plus intelligente, et la plus pathétique. Sûrement celle qui me touche le plus, oui. *(Accord total de Roland.)*... Cependant, la citation de Yourcenar est assez troublante.

ROSANNA, *relisant vite* ... « Un personnage créé par nous ne meurt plus. Pas plus que ne meurent, dans ce sens, nos amis morts. »

NATHALIE Oui. Elle compare ses personnages à des morts... C'est étrange.

ROLAND À des âmes mortes !

NATHALIE À des âmes mortes. Comme si on avait attisé des flammes de vie éphémères, privées d'avenir. Comme si leur temps était forcément révolu...

ROSANNA Vous pensez, vous, que vos personnages ont de l'avenir ?...

NATHALIE … Oui… Je pense qu'ils ont un devenir que les vrais morts n'ont pas.

ROSANNA Au-delà des attributs que vous leur avez donnés ?

NATHALIE Au-delà, bien sûr.

ROSANNA Pour vos lecteurs. Pas forcément pour vous.

NATHALIE Pour moi aussi. Je ne pense pas que les personnages restent enfermés dans le… dans le caveau du livre.

ROSANNA Revenons aux personnages du livre, justement. Vous n'êtes pas très indulgente avec les hommes dans *Le Pays des lassitudes*…

NATHALIE Ah bon ?

ROSANNA Enfin je trouve.

NATHALIE Ah.

ROSANNA Ça n'a pas l'air de résonner en vous.

NATHALIE Non.

ROSANNA Le mari politologue est obsédé par sa réussite sociale… *(Elle lit)* : Les gens me demandent comment va Philippe, je dis il va bien, au lieu de dire il ne pense qu'à sa carrière, il devient amer, il est ballonné, jamais heureux, bref tout le monde va bien dans cet attelage qui est censé parcourir la vie au petit trot…, l'amant photographe est en concurrence artistique… *(idem)* : Ari demande pourquoi je ramène les choses à moi et à ma qualité, il dit qu'il n'était pas question de moi dans le processus de la conversation. Je suis stupéfiée qu'Ari m'abandonne en public et en plein désarroi. Dès qu'il s'agit de ma fonction, Ari m'abandonne ou me rabaisse…

NATHALIE, *coupant la parole ; idem pour le dialogue qui suit* Vous avez choisi des passages très orientés, vous auriez pu en prendre d'autres qui reflètent le contraire, sur Ari…

ROSANNA Oui, sur Ari il y a…

NATHALIE Il y a des pages très différentes…

ROSANNA Il est intolérant…

NATHALIE Intolérant, mélancolique, c'est un homme difficile, il est drôle aussi, il y a des pages émouvantes sur Ari…

ROSANNA Sur Ari peut-être, mais pas sur Philippe…

NATHALIE Sur Philippe moins, mais sur Ari, sur Paul…

ROSANNA Paul est sûrement celui qui…

NATHALIE Paul est un caractère à qui j'ai donné le maximum de chance…

ROSANNA Je ne dis pas le contraire…

NATHALIE Paul est complexe, évolutif…

ROSANNA Froid, réactionnaire…

NATHALIE Et alors ?… Froid, sûrement pas. Philippe c'est normal, le cœur du livre, l'origine du livre, c'est un couple qui est à bout de souffle… Elle ne peut plus avoir un regard tendre sur son mari, et encore, et encore !…

ROLAND Nathalie, vous défendez vos personnages comme une vraie louve !

NATHALIE Je ne défends personne, mais je ne peux pas laisser dire que les hommes sont maltraités dans *Le Pays des lassitudes*…

ROSANNA Traités sans indulgence, j'ai dit.

NATHALIE C'est pareil. Et surtout je ne peux pas laisser dire qu'il y a un traitement global des hommes. Il y a trois hommes, et il y a trois façons de les regarder.

ROSANNA On vous a déjà fait cette remarque ?

NATHALIE Laquelle ?

ROSANNA Ce traitement… disons, sans ménagement, des caractères masculins ?

NATHALIE En fait vous me demandez si c'est pour cette raison que je m'énerve ?

ROSANNA …

NATHALIE On me l'a dit. On me le dit. Mais c'est une lecture fausse. C'est une lecture bête !

ROSANNA Je pourrais mal le prendre.

NATHALIE Non… Je ne parle pas de vous, je parle en général.

ROSANNA Je fais partie de ce général, mais peu importe…

NATHALIE Mais non…

ROSANNA Peu importe. Et si vous vous sentez d'humeur, je vous propose de nous contrarier tout de suite, Nathalie Oppenheim, avec un extrait choisi par vous.

NATHALIE Non, la chose qui me… c'est le découpage en catégories…

ROSANNA, *plus vite qu'il ne faudrait* Je comprends.

NATHALIE Quand on dit les hommes, les femmes, on finit toujours par…

ROSANNA De quoi avez-vous peur ?

NATHALIE J'ai peur ?

ROSANNA D'être apparentée à une forme de littérature féministe ?

NATHALIE Mais non, pas du tout !

ROSANNA Vous êtes sensible à la littérature féministe ?

NATHALIE Je ne… je sais pas bien ce que ça recouvre, je n'ai pas de… Vous pensez à qui ?

ROSANNA Susan Sontag, Doris Lessing…

NATHALIE Pour moi rien ne les relie.

ROSANNA Bien. Vous restez assise ?

ROLAND Vous restez assise, Nathalie ?...

NATHALIE Oui, oui. Je pense...

ROLAND, *à Rosanna ; et sur des œufs* Une petite introduction peut-être ?

ROSANNA Je ne crois pas que c'est nécessaire. À moins que ?... *(à Nathalie)* Vous voulez nous présenter l'extrait ?

Nathalie secoue la tête.

NATHALIE Je ne ménage personne dans ce livre, si on va par là.

Rosanna acquiesce avec urbanité.

NATHALIE, ... *enfin, elle lit* Imaginez la scène : Paul, tassé comme un buffle, dans le fauteuil de velours piqueté. Devant lui, une bouteille de meursault, devant moi une verveine. Il est six heures du soir. Il veut un baba au rhum. Il l'obtient, avec deux cuillères.
D'habitude, Paul me questionne, interroge ma vie, d'habitude Paul ne parle que si je l'en prie. Il faut croire que les choses ont changé depuis notre accord.
Paul dit que c'en est fini de la police qu'il aimait.
Je regarde ses épaules, son cou et je suis étonnée de

n'avoir jamais remarqué chez lui cette partie de l'homme qui est peut-être la plus belle.
Il parle tranquillement, à voix basse. Il creuse dans son baba. Il s'essuie les lèvres avec la grande serviette blanche. Il a des yeux bleus enfoncés, je n'avais jamais fait attention à ce regard, pourquoi tout me paraît inhabituel ?
Il me tend l'autre cuillère, je prélève une lichette de gâteau.
Il a englouti le reste du baba.
Des gens circulent entre les tables, traînant des valises sur la moquette bordeaux. On dirait que personne ne reste plus d'une nuit dans cet hôtel. Tout à l'heure j'ai répondu avec la plus grande précision à toutes les questions que Paul m'a posées sur Jeanine. Il a écouté, sans prendre aucune note, buvant par à-coups, la tête un peu penchée. Je ne sais pas comment nous sommes passés de l'élimination de Jeanine Manjin à l'éloge du maintien de l'ordre. Paul veut me rappeler qui il est, me dis-je. Son école. Sa discipline. Un flic et non un voyou. J'endure la nomenclature de ses idoles. J'endure un défilé d'uniformes, des mots d'urgence froide, j'en suis presque à leur trouver des tonalités électriques.
Je n'ai jamais vu Paul sans cravate. Toujours plus ou moins la même, un modèle bleuté de préfecture. Il parle en faisant les liaisons et se prépare à commettre un meurtre. Dans le fauteuil de velours gris-vert un homme qui ne craint pas d'être complètement amoral décline les fondements vertueux de sa haute corporation. Les femmes ne comprennent rien aux hommes, pensé-je. On n'y comprend rien et tant mieux ; dès qu'on les

comprend, on s'étiole. Paul me trouble. Je suis troublée par Paul, me dis-je, depuis le jour où il a accepté ce contrat. Un trouble inopportun qui pourrait amoindrir l'urgence passionnelle du contrat, me dis-je. Il serait risible, pensé-je, qu'un ensorcellement corollaire à la démarche la rende moins impérieuse. Si je suis capable d'être troublée par Paul, je ne vois plus la nécessité d'une sortie de route aussi radicale. Il faut une certaine consistance dans la voie du crime. D'un autre côté, toutes choses étant liées, qu'adviendrait-il de mon élan pour Paul sans l'excitation due à sa folie ? J'ai soif. Une autre verveine peut-être. Je peux commander une autre verveine, Paul ?

Elle repose le livre devant elle. Et boit de l'eau.

NATHALIE Moi aussi, j'ai soif.

ROSANNA Vous cherchez des *âmes sœurs*, comme dit Pavese, Nathalie Oppenheim ?

NATHALIE, *elle rit* Des âmes sœurs…

ROSANNA Nous ne sommes pas — c'est de ma faute d'ailleurs, j'ai digressé — nous ne sommes pas allés au bout de la logique du jeu.

ROLAND Il y en a peut-être dans la salle, attention Nathalie !

NATHALIE Je le souhaite !

ROLAND À Vilan-en-Volène, on en trouve !

ROSANNA Vous avez dit que la phrase de Pavese était celle qui vous touchait le plus.

NATHALIE C'est vrai.

ROSANNA Qu'est-ce qui vous touche dans cette phrase ?

NATHALIE Je vous l'ai dit… On peut l'appliquer à toute forme de… Pas seulement à l'écriture.

ROSANNA Vous avez dit que vous la trouviez…

ROLAND Intelligente et pathétique, vous avez dit.

NATHALIE Oui.

ROSANNA Pathétique. Pourquoi ?

NATHALIE C'est évident.

ROSANNA Mais ?

NATHALIE Là, honnêtement, le commentaire n'a pas de sens.

ROSANNA Vous trouvez pathétique de chercher des âmes sœurs ?

NATHALIE En soi, non.

ROSANNA Alors ?

NATHALIE Je ne vais pas tenir sur ce registre.

ROLAND Est-ce que Paul est l'âme sœur de Gabrielle ?

NATHALIE Paul est un diable.

ROSANNA Elle aussi…

NATHALIE Ils n'habitent pas au même étage.

ROLAND Des trois hommes, et d'ailleurs de tous les personnages qui composent le livre, Paul est le seul qui comprend vraiment ce que Gabrielle écrit.

NATHALIE Sûrement.

ROLAND C'est rare d'être comprise, Nathalie ?

NATHALIE Heu… *(Elle prend la question avec humour ; lutte pour répondre ou pas.)*… D'abord je ne suis pas sûre du mot. Je ne suis pas sûre qu'il s'agisse d'être compris.

ROSANNA Vous diriez quoi ?

NATHALIE *Compris*, ça suppose une proposition intellectuelle. Quand on écrit de la fiction, on ne cherche pas à délivrer un contenu…

ROSANNA Vous cherchez à délivrer quoi ? Une émotion ?

NATHALIE Une émotion, espérons-le !…

ROSANNA Vous pourriez, dans la vie, avoir une relation avec un homme qui ne — j'allais dire *comprend*, mais je vais trouver un autre mot… — … qui n'adhère pas à ce que vous écrivez, ou tout simplement qui ne lit pas vos livres.

NATHALIE Ce n'est pas la même chose.

ROSANNA Commençons par « qui n'adhère pas ».

NATHALIE … Les gens qui n'aiment pas vos livres ne souhaitent pas de rapprochement particulier.

ROSANNA … Et quelqu'un qui ne vous lirait pas ?

NATHALIE Ça m'est arrivé.

ROSANNA Et?

NATHALIE Ça m'est arrivé. Vous m'avez demandé si je pourrais avoir une relation. La réponse est oui.

ROSANNA ...

ROLAND Nathalie, on sent bien que vous préféreriez qu'on revienne à l'imprimé de votre robe...

NATHALIE Mais oui, l'imprimé de ma robe !

ROLAND Oui, oui, l'imprimé de votre robe, il mérite toute notre attention, mais on touche une chose importante là...

NATHALIE Une chose importante, mon Dieu.

ROLAND, *il a saisi « Le Pays des lassitudes », cherche le passage, et lit* Chère Gabrielle, J'ai lu *Comment vous racontez la partie*. Vous m'avez dit avant-hier soir que l'écriture ne pouvait se résumer à une recherche de consolation. Vous jugiez ce sentiment trop féminin mais vous en admettiez l'aspect central. Ensuite vous avez dit que l'écrivain ne devrait puiser sa force que de lui-même ou de quelques êtres chers. Si j'avais pu prétendre à ce rang, après avoir fermé le livre, je me serais précipité pour vous consoler. Paul...

NATHALIE Quelle est la question terrible qui va survenir ?

ROLAND Il y a eu un Paul, ou des Paul dans votre vie ?

NATHALIE Personne n'a encore tué pour moi, malheureusement.

Roland rit doucement.

ROSANNA Vous avez un destinataire ?

NATHALIE Un destinataire ?

ROSANNA Quelqu'un à qui vous pensez en écrivant ?

NATHALIE … En achetant un rouge à lèvres davantage.

ROSANNA Vous enchantez Roland. Vous avez dit que la phrase d'Edna O'Brien aurait pu être de vous. Ça vous a aidé à « appartenir », la littérature ?

NATHALIE Peut-être. Mais peut-être qu'il ne faut pas appartenir.

ROSANNA Vous avez le sentiment de jouer le jeu ce soir ?

NATHALIE Quel jeu ?

ROSANNA Vous n'aimez pas quand il est question de vous, Nathalie Oppenheim.

NATHALIE Non.

ROSANNA On vous sent rétive. On vous sent sur le point de vous cabrer à toute incursion personnelle.

NATHALIE C'est vrai.

ROSANNA Quand nous nous sommes parlé au téléphone, vous m'avez demandé de ne pas aborder votre enfance, ni aucun sujet de nature biographique…

NATHALIE C'est vrai. Je pensais d'ailleurs que ça resterait entre nous, mais bon.

ROSANNA, *imperturbable* Et vous n'aimez pas parler de votre travail non plus.

NATHALIE Non plus.

ROSANNA Vous ne voulez pas… je ne retrouve pas l'expression… *(elle déplace ses feuilles)* vous ne voulez pas… voilà… devenir « le commentateur parasitaire de votre travail »…

NATHALIE   L'auteur n'est pas le mieux placé.

ROSANNA   Alors pourquoi avoir accepté de venir vous entretenir avec nous ?...

NATHALIE   ...

ROSANNA   On ne vous voit pour ainsi dire jamais dans ce genre de rencontre...

NATHALIE   Rarement...

ROSANNA   Vous n'allez pas dans les salons, vous ne faites pas de signatures, vous ne cherchez pas spécialement le contact avec vos lecteurs...

NATHALIE   Non.

ROSANNA   Alors qu'on pourrait croire qu'écrire, c'est quand même rechercher un contact...

NATHALIE   Oui, non, non, pas un contact...

ROSANNA   Pas un contact ?

NATHALIE   Un contact physique, non.

ROSANNA   Pas de contact physique...

NATHALIE, *elle la coupe*   Non, je ne dis pas *pas de contact physique*, j'ai l'air de... ! C'est désagréable.

Je veux juste dire que c'est difficile de définir la nature de…

ROSANNA En tout cas vous ne cherchez pas à nouer des liens.

NATHALIE Non. Bien sûr que non.

ROSANNA Mais vous avez accepté de venir jusqu'ici.

NATHALIE J'ai accepté, oui.

ROSANNA Pour quelle raison ?

NATHALIE … Il faut une raison ?

ROSANNA Vous n'allez presque nulle part et vous allez à Vilan-en-Volène.

NATHALIE La lettre que m'a adressée Roland. La gentillesse, le ton.

ROSANNA Vous avez dû en recevoir d'autres, des lettres aimables.

NATHALIE Oui, bien sûr.

ROSANNA Pourquoi avoir répondu à celle-ci ?

NATHALIE Je ne suis pas sûre que cet échange présente un intérêt pour…

ROSANNA Si vous le voulez bien, c'est moi qui décide de l'intérêt ou non des questions. Et je suis têtue : je voudrais savoir, les contradictions éveillent la curiosité, pourquoi, en dépit de vos réticences coutumières, pourquoi vous avez dit oui à cette invitation ?

NATHALIE Je viens de vous le dire. J'ai été sensible à la lettre de Roland… C'est comme ça… Qu'est-ce que je peux dire ?… Il n'y a pas de logique… Cent fois je ne le fais pas et un jour je le fais.

ROSANNA Un jour vous le faites, et ça tombe sur Vilan-en-Volène !

NATHALIE Si ça vous amuse de le dire comme ça.

ROSANNA On a de la chance !

ROLAND *On a* de la chance, Rosanna.

ROSANNA Je dis le contraire ?

NATHALIE Un jour, je reçois une invitation pour aller à Vilan-en-Volène et au lieu de dire non comme d'habitude, je dis oui ! Je suis touchée par la lettre d'invitation, les mots me plaisent, je dis oui. Je dis oui, j'irai le samedi vingt-huit mai à Vilan-en-Volène pour parler du *Pays des lassitudes*, alors qu'il n'y a rien de plus absurde que d'aller parler du *Pays des lassitudes*, dont je ne veux jamais parler, mais comme on ne peut pas vivre sans dire oui de temps en temps, et que les choses arrivent toujours de façon masquée, je pense qu'un oui à Vilan-en-Volène est un oui qu'on peut prononcer de façon décontractée. Je suis même assez solide, si vous voulez savoir, sur ce oui, j'y vois une sorte de pied de nez aux institutions après les refus qui ont fait suite au prix Germaine-Beaumont, je me vis comme un esprit indépendant, tout ça ne prend même pas deux secondes, ne parvient peut-être même pas au cerveau, n'empêche que le nom de Vilan-en-Volène est écrit sur l'agenda à l'emplacement du samedi vingt-huit mai. Pendant longtemps, cet emplacement reste gentiment invisible jusqu'au jour où je tourne la page du semainier et où, en bas de page, Vilan me fait un petit coucou avec des horaires de train, et je me dis mais que vas-tu faire à Vilan-en-Volène, tu ne peux pas aller à Vilan-en-Volène, tu n'as aucune raison d'aller dans une ville inconnue parler d'un livre que tu affaiblis à chaque intervention, que tu lisses à chaque intervention, que tu vois fondre dès qu'on t'en parle et que tu en parles, et cependant je ne pourrais pas ne pas y aller, car décommander Vilan reviendrait à dire que je me fous de Vilan de par sa modestie, ce qui ne serait pas la vérité, son inutilité en matière de promotion, ce qui ne serait pas la vérité, je relis les lignes que Roland Boulanger m'a envoyées, j'y vois chaleur et sincérité, je ne veux pas qu'il puisse penser que je traite avec une horrible désinvolture ses Samedis littéraires, s'il y a bien un endroit où je dois absolument aller, que je ne peux décommander, Rosanna Ertel-Keval, c'est Vilan-en-Volène.

ROSANNA Vous le regrettez ?

NATHALIE Je suis heureuse d'avoir répondu à l'invitation de Roland.

ROLAND Et moi bien davantage, ma chère Nathalie. C'est un honneur. Et peu importe que vous ayez dit oui à Vilan au détour de je ne sais quelle fatigue. Moi je suis un fervent de l'impondérable, de la feuille, du flocon, qui tombent là ou là, j'aime croire que l'oscillation des choses et des êtres relève aussi du vent. Et pour tout dire, j'y vois des orientations supérieures !

NATHALIE, *dans l'ignorance de Rosanna* J'ai hâte de lire vos poèmes, Roland !

ROLAND C'est cruel de vous moquer en public !

NATHALIE Sincèrement !

ROLAND Je crois avoir quelques groupies dans la salle. Vous allez me les chagriner.

NATHALIE Je n'ai jamais écrit de poésie. Je suis un peu envieuse.

ROLAND Voilà !

Nathalie et Roland restent un instant, souriant, comme auto-charmés par leur échange.

Rosanna s'est configurée dans une position hiératique.

ROLAND Rosanna, c'est à vous, ressaisissez la barre.

ROSANNA Je n'ai plus de questions.

ROLAND Allons !

ROSANNA Je n'ai pas d'autres questions.

ROLAND Rosanna sans voix, c'est antinaturel !

Rosanna sourit poliment.

ROSANNA Non je... Juste une remarque... Vous êtes, par obligation, dans une logique de reconnaissance...

NATHALIE Heu... Oui ?

ROSANNA Vous aspirez à la réussite, comme tout le monde, Nathalie Oppenheim, mais vous la voudriez *pure* en quelque sorte, sans publicité, même de votre fait. En gros, l'œuvre doit s'imposer seule. C'est ce que vous vous dites.

NATHALIE Ce serait l'idéal.

ROSANNA Est-ce que ce n'est pas le comble de l'orgueil ?

NATHALIE Ah oui ? Peut-être. Peut-être !

ROSANNA Ça vous fait rire ?

NATHALIE Oh mais oui ! Je n'ai pas envie de m'auto-analyser !

ROSANNA Bien. *(Elle range ses notes.)* Voilà. J'ai terminé. Merci beaucoup, Roland.

ROLAND Merci de quoi ?

ROSANNA De ce… De ce vagabondage au *Pays des lassitudes*… Dans la circonstance, j'ai fait le tour de ce qu'on peut attendre de moi.

ROLAND, *sur le mode le plus enjoué* Rosanna, Rosanna !

ROSANNA C'est le titre d'un poème que Julian Barnes a composé pour moi.

ROLAND Rosanna ?

ROSANNA Rosanna Rosanna.

ROLAND Rosanna Rosanna ! Je ne savais pas que Julian Barnes écrivait des poèmes ! Barnes écrit des poèmes, Nathalie.

NATHALIE Je vois.

ROSANNA Un petit quatrain pour moi... Je pense que vous avez beaucoup de choses à vous dire tous les deux. *(Désignant les pieds de Nathalie)* Les chaussures sont amusantes aussi.

ROLAND Les chaussures ! Ah, ah ! Je les avais notées aussi bien sûr !...

NATHALIE Oui...

Léger embarras des deux....

ROLAND Vous savez à qui vous me faites penser Nathalie ? À la merveilleuse Clarice Lispector. Elle disait « mon motif de vanité n'est pas littéraire » — elle n'aimait pas parler de littérature —, elle disait « mon motif de vanité est qu'on me trouve jolie ».

Au carré des inconnus

Le plateau toujours.

Nouvelle configuration. Nouvel éclairage.

Nathalie lit, seule (l'extrait semble se situer à la fin du livre) :

NATHALIE Au carré des inconnus du cimetière Saint-Georges, les parcelles herbeuses qui servent de tombes sont fleuries une fois par an par les employés municipaux. Sur les croix en bois, les petites plaques de métal indiquent une date et le mot *inconnu*. Il n'y a ni trace de naissance ni de mort, et la date est celle de la levée du corps. Le noyé du Port Wilson, dit le journal local, est entré dans le lac, en se mettant les mains sur le visage, il a nagé, plongé une première fois, ressorti la tête de l'eau avant de couler. Son corps a été retrouvé une heure plus tard par la police de la navigation, à une profondeur de moins de deux mètres sur un fond d'algues. Son beau visage intact a été par deux fois publié

dans la presse, une diffusion nationale a été effectuée, suivie d'autres au niveau international. Sans résultat.
Il pleut. J'ai posé une marguerite sur l'herbe du noyé et je suis rentrée à l'hôtel.
Dehors, dans la cour goudronnée, un homme fait fuir les feuilles mortes avec une machine à air. Au milieu du mois d'août les feuilles meurent déjà. Je m'assois sur le froid tissu du lit, bordé à l'extrême. Le temps est sombre à la fenêtre. Je pense au noyé qui a mis ses mains sur son visage avant de plonger. Le brouillard se colle à la vitre comme un geste charitable. Je pouvais toujours décommander Ari pour raisons familiales. Je veux dire pour raison ayant trait aux enfants. Ari avait à cœur de s'incliner quand il s'agissait des enfants. De même que les siens furent toujours un motif sanctifié d'empêchement. Lorsque Louise s'était fait opérer, en urgence, de l'appendicite, je l'avais appelé du couloir de l'hôpital Cochin pour annuler notre soirée. Il s'était montré aussitôt compréhensif, pas la moindre tonalité de déception dans la voix. Un empressement à me dire, ne t'inquiète pas pour moi, soigne ta petite, dans lequel je ne pouvais entendre que l'aubaine de nous mettre dans le même sac. Des êtres responsables, des parents avant tout. Alors qu'il m'était nécessaire que son humeur soit contrariée, que son impatience lui fasse prononcer des mots déplacés, la voix bourgeoise disait la famille est sacrée. N'est-ce pas dans l'ordre des choses que les enfants soient la priorité des parents ? Mais qui veut d'un lien qui ne bouscule pas l'ordre des choses ? À la question avais-je été une priorité pour mes parents, je pouvais aisément dire non. En avais-je

souffert ? Non. Non. Non. En avais-je souffert ? Non. Et quand bien même ? Les nazis, les mafieux, les grands criminels tiennent aussi leurs enfants pour sacrés, il n'y a pas d'attachement moins vertueux. Avec Ari, on jouait à l'abandon. Un jeu imbécile. J'envoyais à Ari, par SMS, le mot *Abandonnée, é,e,* et j'attendais sa réponse en errant d'un coin à l'autre. Au bout d'un moment, il répondait « sans *e* ». À propos des femmes et de leur amour, Paul avait dit, l'animal à qui elles ressemblent le plus, c'est la phalène, ce papillon fou qui se jette dans les lampes. Avec Ari je jouais au jeu de l'abandon comme on faisait les morts dans les cours de récréation. On s'allonge, on s'éteint, et on ressuscite en courant. Je me demande de quelle matière sont faits ces couvre-lits d'hôtel. Ces linceuls brillants et hostiles, sans poids et qui ne dispensent aucune chaleur.

Nathalie

Quelque part dans l'Espace polyvalent.

Faible lumière de nuit.

Tout est vide et silencieux.

Personne à part Nathalie, au fond, dans un coin.

Elle est de dos, un peu voûtée, et tient son portable à l'oreille.

De temps à autre, elle murmure quelque chose qu'on ne peut comprendre.

Au bout d'un moment, par le coin opposé, en avant-scène, Roland apparaît, sortant de nulle part.

Il reste un instant immobile, n'osant interrompre l'intimité de Nathalie.
Enfin, il ose signaler sa présence par un léger bruit.

Nathalie se retourne. Il ébauche, de loin, un geste amical pour signaler qu'elle est attendue ailleurs.

Nathalie acquiesce de la même façon.

Roland disparaît aussitôt.

Après avoir raccroché, Nathalie reste seule, triste et désorientée.

Cocktail

Encore ailleurs dans l'Espace polyvalent.

Quelques éléments plus familiers, à peine, mais il semble y avoir un piano dans un coin, recouvert d'une couverture.
Serions-nous dans un genre de foyer à vocation conviviale ?

Nathalie est assise dans un coin, un verre de sangria à la main (a-t-elle déjà bu un peu trop ?).

Debout, à côté d'elle, l'accaparant, le maire de Vilan-en-Volène, lui-même, verre à la main, buvant sans restriction et mangeant des crackers (sans restriction non plus).

Pendant ce temps, Roland traverse la scène plusieurs fois, comme à la recherche de quelqu'un, disparaissant et repassant.

LE MAIRE Moi je suis un militant du « sans étiquette », et je ne considère pas, comme certains de mes collègues, que le « sans étiquette » est une position apolitique. Je suis de ceux qui pensent que le « sans étiquette », au niveau municipal s'entend, *est* un mouvement. Je suis membre d'un parti, Nathalie, je vous appelle Nathalie, je prends cette liberté, mon parti c'est le parti de ma commune. C'est le parti de Vilan-en-Volène. Mon idéologie c'est le terrain et le bien-être des habitants. Vous savez que c'est une position difficile à tenir : quand vous sortez du nuancier traditionnel rose-bleu vous êtes dans le fourre-tout « autre », avec les royalistes, les régionalistes, tous les dingos, ces crackers sont fantastiques, il faut que je demande à François Chavigneau d'où ils viennent, vous avez goûté, Roland ? Ils sont fantastiques !

ROLAND Fantastiques !

LE MAIRE, *happé dans le cours d'un va-et-vient, Roland opine. Retour à Nathalie* Alors vous savez que votre Paul, c'est moi ! Je ne fais pas allusion aux prouesses sexuelles, je n'oserais pas, et encore moins à certains actes que seul le romanesque absout, mais moi aussi, chère madame, chère Nathalie, moi qui ne suis pas un grand pleureur, je pleure à la mort de d'Artagnan ! Ça ne rate jamais. « Des quatre vaillants hommes dont nous avons conté l'histoire, il ne restait plus qu'un seul corps. Dieu avait repris les âmes. » Vanité des vies ! Un bâton de maréchal, un hochet de vieillard ! J'ai une vieille édition pourrie d'après la guerre, mal coupée, mal reliée, les premières syllabes bouffées. À l'image du temps. Tout se défait, tout se refait. On fait des choux et des raves et la vie nous oublie. *Comment vous racontez la partie.* Tout est là. Magistral. Je ne plaisante pas. Si je n'avais pas été harponné par les affaires publiques, j'aurais voulu être écrivain. C'est vous les rois. Vous tracez des rues, vous attribuez des postes, vous nommez, vous tuez. Vous donnez un petit coup de fouet à la création. Vous savez le problème quand on vieillit : tout devient morne très vite. C'est le morne qui guette. Je suis comme Paul, moi, je ne veux pas attendre un bus qui n'arrive jamais. Où elle est notre petite Rosanna ? Pas fâchée j'espère ! Vous n'êtes pas facile à interviewer vous. Ça me rappelle une question sur laquelle vous avez botté en touche, et j'ai pensé cette question, mon grand, tu vas la lui reposer.

NATHALIE Allez-y, monsieur le Maire.

LE MAIRE Jean-Luc ! Pas de monsieur le Maire, Jean-Luc !

NATHALIE Allez-y, Jean-Luc.

LE MAIRE Vous pouvez avoir un lien avec les gens qui n'aiment pas vos œuvres ? Ou qui s'en foutent ?

NATHALIE J'ai répondu.

LE MAIRE À peine. Ou alors j'ai eu un black-out.

NATHALIE Ça doit m'arriver souvent.

LE MAIRE Non, non, vous voyez ce que je veux dire.

NATHALIE En général, les gens sont assez discrets, Jean-Luc.

LE MAIRE Vous vivez dans un monde béni, ma jolie ! C'est où ? Ma mort, ces crackers. J'ai un sujet pour vous. Vous savez le problème avec la réalité ? Elle est périssable. Sans une bonne stratégie narrative, la réalité « goes with the wind ». Les mots sont plus grands que les choses. Où il court ce garçon comme ça ? Ça a pris une drôle d'ampleur, ces Samedis. Chapeau. Du temps de la bibliothèque, honnêtement, ça faisait un peu province. Je le dis à voix basse : il fallait pousser les tables et on avait des invités « second rate » comme disent les Anglais — c'est l'anglais qui me vient ce soir. Je comprends votre truc de ne pas appartenir, moi non plus je ne veux pas appartenir, j'en ai même fait ma cause, mais enfin c'est du pipeau tout ça. On est où on est. Une Nathalie Oppenheim à Vilan, ça nous positionne. Vous êtes un fleuron dans votre paroisse. Alors figurez-vous que j'ai un sujet pour vous : une histoire vraie, ça se passe en Corée, mais on peut la transposer n'importe où. Le président annonce qu'il va se rendre au printemps en province. Le maire de l'une des communes concernées, mon homologue, décide de pavoiser sa ville. Il mobilise la population et instaure une collecte générale. Il commence par mettre les arbres au garde-à-vous, on élague tous les platanes, il fait refaire les chaussées, entièrement, l'enrobé, les trottoirs, il fait peindre les bordures, le jalonnement, il veut tout nickel, il oblige les particuliers à repeindre leurs façades, fleurir les balcons, il fait ravaler les bâtiments administratifs, il veut qu'on rafraîchisse les tenues, il en commande d'autres, il fait ouvrir les tranchées pour vérifier les exutoires d'eau pluviale, il en profite pour faire enterrer le réseau électrique, il fait réaliser une entrée de ville avec le nom de la commune en buis taillé au cordeau, il dessine lui-même les enrochements, il fait virer les baraquements pour ouvrir une perspective, durant des semaines les vieux dans les foyers cousent des drapeaux, les gosses préparent un spectacle à costumes, on fait venir des instruments de musique, la fanfare répète les hymnes. Au dernier moment, Roh Moo-hyun change ses plans et décide de ne pas aller dans cette ville. Le maire reste prostré. Deux jours plus tard, il fait un malaise et meurt.

Nathalie se lève subitement. Va se resservir un verre de sangria et revient s'asseoir près du maire.

NATHALIE D'une grande gaieté, votre sujet.

LE MAIRE Qu'est-ce qu'on y peut ? En plus je ne demande pas de droits d'auteur puisque l'histoire est réelle. Une petite dédicace suffira. Ah la voilà ! La voilà, la voilà !

Arrivent ensemble Roland, échevelé par ses déplacements, et Rosanna, rayonnante, sac et veste à la main.

LE MAIRE Ma Rosanna !

ROSANNA Mon Jean-Luc ! Mon petit coquelet !

Effusions.

LE MAIRE Tu as vu ce qu'il est devenu, ton petit coquelet ! Voilà, voilà comment une vie de kermesses et de vins d'honneur désagrège un homme ! Tu as goûté ces crackers ? Pourquoi on me met des trucs comme ça dans les mains ? Toi tu es splendide, impériale. On te voit partout, sauf chez nous, il a fallu une Nathalie Oppenheim pour que tu condescendes. Je viens de lui trouver un sujet pour son prochain livre. Triste, bon. Mais de mon point de vue à haute teneur burlesque. Pile pour vous. En se débrouillant bien, une fois acquis certains présupposés sentimentaux, on pourrait faire du maire un gars à la Jack Lemmon, vous voyez, un genre de fonceur illuminé, il entraîne sa ville dans une série de péripéties, le lecteur se régale — il assiste à un petit « digest » de la marche du monde — jusqu'au moment où tout s'arrête. À partir de là, changement de ton. Absurdité, désolation. Tout le monde veut être quelqu'un, non ?

ROSANNA Ça va, Nathalie ? Vous paraissez complètement assommée, ma pauvre. C'est toi, Jean-Luc, qui l'assommes comme ça ?

LE MAIRE Je ne l'assomme pas du tout ! Je vous assomme, Nathalie ?

NATHALIE Non, je me laisse pénétrer par la fable…

LE MAIRE Tu vois ? C'est toi qui l'as assommée avec ton esprit inquisiteur, vous êtes insatiables, les journalistes !

ROSANNA On va se disputer au bout d'une minute ? Vous buvez quoi ? De la sangria, parfait. Tu sais avec qui j'étais au téléphone, mon chou ? À l'instant ?

ROLAND, *courant servir Rosanna* Journaliste n'est pas le mot, monsieur le Maire, Rosanna est la confidente des gens de plume.

LE MAIRE Et la muse, si j'ai bien entendu !

ROSANNA La muse, parfois.

ROLAND, *en homme déjà dans le secret* Dites avec qui vous étiez.

ROSANNA Ça n'a pas d'importance…

ROLAND Dites-leur, Rosanna !

ROSANNA Avec Philip Roth. *(Elle prononce à l'américaine.)*

ROLAND Philip Roth !

ROSANNA Je me demande si Jean-Luc sait qui c'est ! Ahah !

LE MAIRE Nathalie, vous avez eu raison de vous tenir à distance de Madame Ertel-Keval. C'est une femme qui a un mauvais fond.

ROSANNA Très mauvais !

ROLAND Ils sont amis d'enfance…

NATHALIE Oui…

ROLAND Ça va ?…

NATHALIE Parfaitement, Roland.

LE MAIRE Et qu'est-ce qu'il te raconte, ce Roth ?

ROSANNA Je ne sais pas encore. Je m'envole lundi pour Warren. Philip veut me parler. Je me demande quel genre de valise je dois faire, il fait très chaud à cette époque dans le Connecticut, non ?

ROLAND Chaud et humide.

LE MAIRE Humide, très juste ! Est-ce que vous savez que le nom « Connecticut » signifie, en langue indienne, paysage fluvial ? Eh oui, réfléchis, tu as l'Hudson, tu as le détroit de Long Island, ajoute un relief vallonné, une végétation importante, c'est verdoyant le Connecticut, au fond c'est le midi de la Nouvelle-Angleterre…

ROSANNA Tais-toi donc mon coquelet, on s'en fout complètement.

LE MAIRE Prends un petit ciré quand même.

ROLAND Ils se connaissent depuis l'école.

ROSANNA Oublions ce détail, Roland, si vous le voulez bien. En attendant, Nathalie, moi je n'ai toujours pas eu ma dédicace.

Rosanna sort de son sac l'exemplaire du « Pays des lassitudes » et le tend à Nathalie.

Nathalie le prend sans conviction.

LE MAIRE Et mon exemplaire, où est-il ? Moi aussi je veux une dédicace ! Je l'ai laissé dans la salle ?

ROLAND Mais non, il est posé là, monsieur le Maire !

LE MAIRE Ah voilà, voilà !… Inutile de préciser que nous ne voulons pas du petit mot gentil et passe-partout. D'abord parce que Rosanna ne mérite pas de mots gentils, ensuite parce que le mot gentil et passe-partout finit automatiquement chez le soldeur. Dans la salle dite de bibliothèque de la mairie — une cinquantaine de recueils qui se battent en duel — j'ai trouvé, je ne sais pas si on vous l'a dit, Roland, un exemplaire signé de *Sodome et Gomorrhe* : « À madame X, en modeste — était-ce piètre ? peu importe — dédommagement pour la gêne causée par mes travaux. » C'est rigolo parce qu'on imagine tout de suite Marcel Proust empaquetant son livre et allant à pas feutrés le déposer sur le paillasson du dessous…

ROSANNA Tu nous épuises, Jean-Luc. Vous avez voté pour lui, Roland ?

LE MAIRE Il a voté pour moi, il est obligé, je préside le Conseil régional !… On la distrait. Elle a besoin de se concentrer. Je veux juste vous dire une chose importante, Nathalie…

ROSANNA Mais tu es infernal, tu as trop bu.

LE MAIRE Non, non, c'est très important les histoires de cœur, je bois pour déglutir ces petits salés, impeccable d'ailleurs la sangria, bien que ça rende triste, les histoires de cœur qu'on appelle de cœur, que moi j'appelle sentimentalo-physiques, entraînent des désordres terribles, on parlait de Proust, un connaisseur définitif, lui, vous savez pourquoi, parce que la plupart des hommes sont des hommes d'inaction, plus les hommes se foutent des panoplies d'hommes d'action, affaires, politique, plus ils sont passifs dans la vraie vie, vous avez compris ça dans votre livre, la fixité de l'homme, c'est ça que vous racontez, c'est ça votre lassitude — j'ai un coup de brillance, non ? — non, sans blague, c'est notre inertie qui vous tue, enfin je dis *notre* par solidarité de genre mais moi je suis proche d'un Paul, un gars qui ne pense pas que le train fera un détour pour lui.

ROSANNA C'est une déclaration, Nathalie, j'espère que vous l'appréciez. Je suis à deux doigts d'être jalouse.

LE MAIRE Je veux que Nathalie sache que j'ai compris son livre !

NATHALIE Vous êtes une âme sœur, monsieur le Maire ?

LE MAIRE Je le suis !

ROLAND Et voilà ! On en trouve. À Vilan-en-Volène !

LE MAIRE Jean-Luc, Jean-Luc !…

NATHALIE, *tenant les deux livres comme des choses encombrantes* Vous êtes une âme sœur, Jean-Luc…

LE MAIRE Et vous allez passer à côté. C'est triste !

ROSANNA Une âme sœur. Ça existe, cette faribole ? Je suis contente de te voir, mon coquelet joli… Et si vous nous immortalisiez, Roland ?…

ROLAND Ah volontiers !

ROSANNA Je me suis recoiffée dans les toilettes en carrelage rose — on avait exactement le même dans le vestiaire des filles au stade de Mergeau —, ça m'a provoqué —, c'était quoi le mot ? *une attaque de mélancolie.* Je ne dis pas ça négativement, au contraire… La vie est passée à une vitesse… Autrefois un petit verre me donnait du peps, aujourd'hui c'est complètement l'inverse. Ça m'enlève tout cran… *(Roland prend une photo avec son portable.)*

LE MAIRE Une autre avec Nathalie !

NATHALIE Non, non…

LE MAIRE Pour ma collection personnelle. *(Il lui enlève les livres des mains.)* Prenez votre temps, laissez venir.

NATHALIE Je ne suis pas sûre d'être à mon avantage…

ROSANNA Qui peut l'être dans cette lumière ?

ROLAND Vous êtes très jolie, Nathalie. Je ne sais pas si c'est votre motif de vanité, mais je me fais fort de l'attester.

ROSANNA, *ils posent et tandis que Roland prend plusieurs photos* Vous faites quoi ici ? Des séminaires ? Des tombolas… ? Je peux fumer ou la politique de santé publique me l'interdit ?

LE MAIRE Elle te l'interdit, ma cane.

ROSANNA, *allumant sa cigarette* Tu fermeras les yeux, mon chou. Plus la moindre envie d'aller à Warren. Une chose vous paraît désirable et à portée de main, cinq minutes après c'est un fardeau exténuant.

LE MAIRE Laisse tomber ces agitations inutiles ! Qu'est-ce que tu vas aller faire dans ce trou ? Elle est magnifique, cette salle ! Roland ?

ROLAND Magnifique !

LE MAIRE Magnifique ! Des tombolas, on en fait bien sûr. Des séminaires aussi. Et des concerts, remises de prix, banquets, noces…

ROLAND Noces d'or !

LE MAIRE Noces d'or ! La nuit est noire ici. Les gens ne traversent pas l'Atlantique pour un oui pour un non chez nous. Cette salle, c'est trois ans de bras de fer avec le département et l'intercommunalité. Pour défendre quoi ? Je le dis sans gêne aucune : une conception primitive du bonheur. Au budget, ça pèse aussi lourd que l'action sociale. Elle est même aux nouvelles normes de la fédération de tennis de table pour les qualifications depuis qu'on a sucré les poteaux de devant.

ROLAND Et si vous étiez venues deux jours plus tôt, vous auriez pu admirer l'exposition ornithologique…

LE MAIRE L'expo de l'Oiseau Club ! Chaque année plus belle. Un *must*. Les amateurs font des kilomètres. Des gradations de couleurs surnaturelles, rien que sur le jabot parfois !... Il est accordé, le piano ? Qui sait jouer ? J'aurais bien chanté, je nous sens l'esprit un peu russe ce soir.

NATHALIE Ah oui !... Oui ?... *(Roland se précipite vers le piano et enlève la couverture qui le recouvre.)* Oh, Rosanna, j'ai une histoire pour vous : une amie, un écrivain que vous connaissez, est venue dîner chez moi, toute la soirée elle et moi avons parlé de choses tristes et démoralisantes, et puis nous nous sommes quittées et elle est descendue à pied dans la cage d'escalier. Au moment où j'allais fermer la porte, je l'ai entendue chanter, au premier étage, elle chantonnait, je me suis penchée et j'ai crié : tu chantes ?! Et elle m'a répondu non, non c'est une erreur, j'étais justement en train de me dire : mais pourquoi tu chantes ?!...

ROSANNA Pour moi ?

NATHALIE Pour que vous disiez : un jour Nathalie Oppenheim m'a raconté une histoire...

Roland s'est mis à jouer.

On reconnaît, dans une version propre à Roland, l'introduction de « Nathalie » de Gilbert Bécaud.

À peine Roland commence à chanter que le maire l'accompagne à voix puissante.

Tout le monde se retrouve autour du piano. Nathalie et Rosanna chantent aussi.

Le maire entraîne les filles à danser.

Roland

Même lieu.
Changement complet de lumière et d'atmosphère.

La nuit est bien là. Vidée et sombre.

Le maire et Rosanna sont quelque part, ensemble.

Nathalie est debout.
Habillée pour partir, elle lit le livre de poésie de Roland.

Arrive Roland.

ROLAND La voiture est devant.

NATHALIE, *allusion à ce qu'elle vient de découvrir* Roland !...

ROLAND ... Je n'aurais pas dû vous l'offrir, c'était très présomptueux.

Nathalie continue de lire, sans tenir compte de la phrase de Roland.

Un temps.

ROLAND Vous pourriez y jeter un œil plus tard. Loin de moi.

NATHALIE Au contraire.

Silence.

LE MAIRE Je n'ai pas eu accès à cet ouvrage, personnellement…

ROLAND Je vous attends dehors…

NATHALIE, *elle lui tend le livre* Et si vous nous lisiez celui-là, Roland ?…

ROLAND Quelle mauvaise idée.

NATHALIE Je l'ai bien fait, moi.

ROLAND Ça n'a rien à voir.

Avant que Roland n'ait le temps de sortir (ou de lui reprendre le livre), Nathalie se met à lire à voix haute :

NATHALIE

Retourné au square de l'enfance
Au-dessus du chemin de fer
Une femme quand j'y repense
Attendait sur le banc de pierre

Que j'aie joué que j'aie joué.
Entre les buis et la barrière
Je surveillais par une trouée
La ville de ma meurtrière

Elle m'emmenait après la classe
Nous étions bien seuls tous les deux
Moi je m'occupais à mes jeux
Elle attendait que la vie passe

Assise tenant son sac serré
Toujours sur un côté du banc
Et jamais ne bougeait avant
Que j'aie joué que j'aie joué.

Comment vous racontez la partie a été créé le 11 mars 2014 au Théâtre Liberté, à Toulon, par la Compagnie des Petites-Heures, en coproduction avec le Théâtre Liberté, le Théâtre du Rond-Point, les Théâtres de la Ville de Luxembourg, le Théâtre des Célestins, le Théâtre des Sablons.

Mise en scène : Yasmina REZA
Décor : Jacques GABEL
Lumière : Roberto VENTURINI
Costumes : Nathalie LECOULTRE
Son : Xavier JACQUOT
Assistante à la mise en scène : Sophie LECARPENTIER
Distribution :
Nathalie Oppenheim : Zabou BREITMAN
Roland Boulanger : Romain COTTARD
Rosanna Ertel-Keval : Dominique REYMOND
Le Maire : André MARCON

DU MÊME AUTEUR

CONVERSATIONS APRÈS UN ENTERREMENT, repris dans THÉÂTRE (Livre de poche n° 14701)

LA TRAVERSÉE DE L'HIVER, repris dans THÉÂTRE (Livre de poche n° 14701)

L'HOMME DU HASARD, repris dans THÉÂTRE (Livre de poche n° 14701)

« ART », repris dans THÉÂTRE (Livre de poche n° 14701)

HAMMERKLAVIER (Livre de poche n° 14664)

UNE DÉSOLATION (Livre de poche n° 15020)

LE PIQUE-NIQUE DE LULU KREUTZ

TROIS VERSIONS DE LA VIE

ADAM HABERBERG (première édition), repris sous le titre : HOMMES QUI NE SAVENT PAS ÊTRE AIMÉS (deuxième édition) (Livre de poche n° 30153)

UNE PIÈCE ESPAGNOLE

NULLE PART (Livre de poche n° 30841)

DANS LA LUGE D'ARTHUR SCHOPENHAUER (Livre de poche n° 30764)

L'AUBE LE SOIR OU LA NUIT (J'ai Lu n° 8930)

LE DIEU DU CARNAGE

COMMENT VOUS RACONTEZ LA PARTIE (Folio n° 5814)

HEUREUX LES HEUREUX (Folio n° 5813)

Composition : IGS-CP à L'Isle-d'Espagnac (16)
Achevé d'imprimer par Novoprint à Barcelone
le 20 août 2014
Dépôt légal : août 2014

ISBN : 978-2-07-045990-2 / Imprimé en Espagne

270497